Ilustraciones: Marifé González
Diseño gráfico y textos: Marcela Grez
Revisión del texto inglés: Eleanor Pitt

© SUSAETA EDICIONES, S.A. - Obra colectiva
C/ Campezo, 13 - 28022 Madrid
Tel.: 91 3009100 - Fax: 91 3009118
www.susaeta.com

Los Tres Cerditos

THE THREE LITTLE PIGS

susaeta

1 Once upon a time there were three little brother pigs who lived in a forest. They were always worried because a hungry wolf was stalking them, wanting to eat them.

One day, the three little pigs decided they could not keep running away from the wolf. They decided they would each build a house to live in.

3 The smallest little pig decided to build a house out of straw because it was easier to carry it. That meant he'd be able to finish it quickly and run off to play.

But he saw his younger brother playing, and finished the house in a hurry so that he could go and join him. He didn't do the job well.

5

15

6

Meanwhile, the oldest of the three, who was also the cleverest, decided to build his house with bricks. It would be more resistant and he would be safe from the wolf. It took him a lot longer to finish building it than his brothers, and he even added a chimney.

7

The three little pigs gave a party for their friends while the wolf lurked behind a tree.
After the party they each went to their homes.

The fierce wolf went to the youngest little pig's house and said:

"I'll huff and I'll puff and I'll blow your house in!"

He blew and blew and all the straw flew away. The little pig ran really fast and hid himself in his middle brother's house.

The wolf, very angry, went to the wooden house and yelled:

"I'll huff and I'll puff and I'll blow your house in!"

And he blew and blew and the wood started to creak, until finally the walls fell to the floor. The two little pigs ran, frightened, to their elder brother's house.

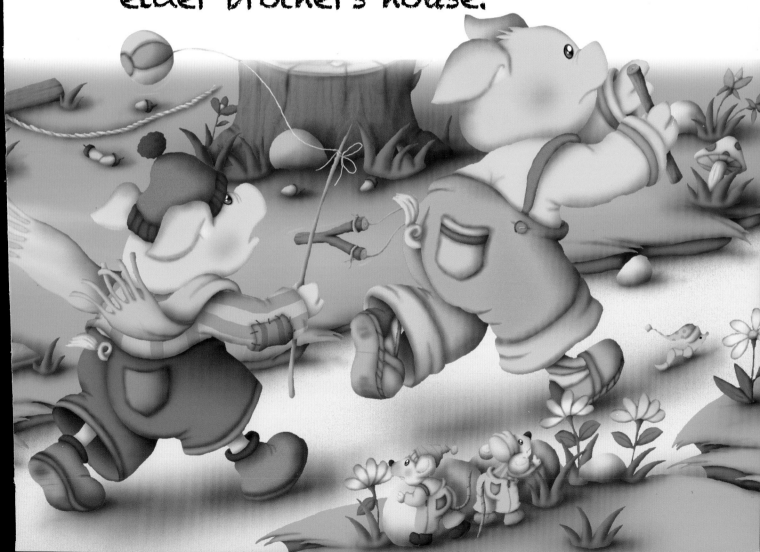

11

The wolf was now furious and very hungry. He stood in front of the house made of bricks and shouted angrily:

"I'll huff and I'll puff and I'll blow your house in!"

But no matter how hard he blew, he couldn't move a single brick. He decided to climb down the chimney, not knowing that at the bottom of it there was a cauldron filled with boiling water.

12 So he fell into the cauldron of boiling water and got scalded. He fled in pain and never returned to that forest. The three little pigs could at last live happily ever after.

1 Había una vez tres cerditos hermanos que vivían en el bosque. Siempre estaban inquietos porque un lobo muy hambriento les perseguía, pues quería comérselos.

2 Un día, los tres cerditos pensaron que no podían continuar huyendo siempre del lobo, así que decidieron construirse una casa cada uno.

3 El cerdito más pequeño decidió hacerse una casa de paja porque era lo más fácil y así acabaría muy pronto y podría irse a jugar.

4 El cerdito mediano, al que tampoco le gustaba demasiado trabajar, recogió maderas del bosque para hacerse su casa, pensando que el lobo no podría entrar.

5 Pero como vio que su hermano pequeño estaba jugando, se dio mucha prisa en terminar para ir con él, y no hizo nada bien su trabajo.

6 Mientras, el mayor, que era el más listo, decidió construir su casa de ladrillos porque así sería muy resistente y estaría a salvo del lobo. Tardó en acabar mucho más tiempo que sus hermanos, pero le puso incluso una chimenea.

7 Los tres cerditos dieron una fiesta para sus amigos mientras el lobo esperaba detrás de un árbol. Luego volvió cada uno a su casa.

8 El lobo feroz fue hacia la casita del cerdito pequeño y le dijo:
—¡Abre la puerta o soplaré y soplaré y tu casa derribaré!
Sopló y sopló, y toda la paja empezó a volar.
El cerdito pequeño corrió muy deprisa y fue a esconderse a la casa de su hermano mediano.

9 El lobo, muy enfadado, se dirigió a la casita de madera y gritó:
—¡Ábreme o soplaré y soplaré y tu casa derribaré!

10 Y sopló y sopló y las maderas de la casita empezaron a crujir hasta que las paredes cayeron al suelo. Los dos cerditos corrieron asustados a casa de su hermano mayor.

11 El lobo estaba ya furioso y muy hambriento. Se puso frente a la casita de ladrillo y gritó enfurecido:
–¡Abridme o soplaré y soplaré y la casa derribaré!
Pero por más que sopló con todas sus fuerzas no se movió ni un ladrillo, por lo que decidió bajar por la chimenea, sin saber que abajo hervía agua en un caldero.

12 Así que cayó en el caldero con agua hirviendo y se quemó. Dolorido, huyó de allí y nunca más volvió por aquel bosque, y los tres cerditos pudieron, por fin, vivir felices para siempre.